D1721744

VERGESSENE REICHE

R. A. SALVATORE

DIE SAGA VOM DUNKELELF

BAND 5

DIE SILBERNEN STRÖME

Story:
R. A. Salvatore

Skript:
Andrew Dabb

Zeichnungen:
Val Semeiks

Tuschezeichnungen:
John Lowe
Mark Deering
Rob Grape
Joe Pimentel
mit **Emily Stone**

Farben:
Nei Ruffino

US-Redaktion:
Mark Powers

Covers von:
Tim Seeley, John Lowe und Tyler Walpole

IMPRESSUM: Die deutsche Ausgabe von *VERGESSENE REICHE: Die Saga vom Dunkelelf Band 5 – Die silbernen Ströme* wird von der Panini Verlags GmbH herausgegeben, Rotebühlstr. 87, 70178 Stuttgart. Geschäftsbereichsleiter: Max Müller, Chefredakteur: Jo Löffler, Redakteur: Steffen Volkmer, Übersetzung: Astrid Mosler und Oliver Hoffmann, Marketing: Claudia Hieber und Holger Wiest, Lettering & Grafik: Amigo Grafik, Asperg , PR/Presse: Steffen Volkmer, Produktion & Druck: Panini S.p.A., Italien, Vertriebsservice: stella distribution, Hamburg, Fax: 040/808053050, Auslieferung Buchhandel: VVA – Vereinigte Verlagsauslieferung, Gütersloh, **ISBN: 978-3-86607-475-0**: Auslieferung Comic-Fachhandel: ZTV, 47809 Krefeld.
Amerikanische Originalausgabe: *FORGOTTEN REALMS Vol. 5: The Legend of Drizzt – Streams of Silver TPB* originally published 2007 in the US by Devil's Due Publishing, Inc. Copyright © 2007 Wizards of the Coast. All Rights Reserved. Licensing by Hasbro Properties Group.
No similarity between any of the names, characters, persons and/or institutions in this publication and those of any pre-existing person or institution is intended and any similarity which may exist is purely coincidental. No portion of this publication may be reproduced, by any means, without the express written permission of the copyright holder(s). www.paninicomics.de

Licensing by:

Hasbro
Properties
Group

OFFICIAL Wizard LICENSED PRODUCT

PANINI COMICS
www.paninicomics.de

PROLOG

Das Leben in der arktischen Region des Eiswindtals ist dank Drizzt Do'Urden und seiner treuen Gefährten Bruenor Heldenhammer, dem Barbaren Wulfgar und dem Halbling Regis wieder sicher. Doch Bruenor träumt schon lange davon, die legendäre Mithrilhalle wiederzu-entdecken, die Heimat seiner Ahnen.

Und nun, da die hart gesottenen Talbewohner in einer Zeit des, wenngleich auch brüchigen, Friedens leben, ist der Zwergenanführer fest entschlossen, diese lange aufgeschobene Suche anzugehen. Doch er wird nicht alleine gehen...

Drizzt hat sein ganzes Leben mit der Suche nach Frieden und einer Heimat verbracht – und nun, da er beides gefunden hat, ist er zu seinem größten Abenteuer aufgebrochen, um einen in Freundschaft geleisteten Eid zu halten.

Doch während die Gefährten versuchen, Bruenor bei der Erfüllung seines Lebenstraums zu helfen, ist ihnen ein tödlicher Feind auf den Fersen ...

US-Forgotten Realms – Streams of Silver #1 – Covermotiv A

US-Forgotten Realms – Streams of Silver #1 – Covermotiv B

Auf einem dunklen Thron, an einem dunklen Ort hockte der **Schattendrache**.

Seine Lakaien nannten ihn **Dunkelschimmer** und erwiesen ihm jede Ehre...

...Jahrhunderte zuvor hatte er den Großteil der **Zwergenarmee** vernichtet, die sich seinen Verbündeten entgegengestellt hatte.

Nun war **Dunkelschimmer** der **Mächtigste** seiner Art und besaß einen **Hort**, von dem auch der reichste König nur träumen konnte.

Eine Schar loyaler **Sklaven** brachte der Kreatur zu fressen und las ihr jeden Wunsch von den Augen ab, denn sie wussten: Eines Tages würden sie Dunkelschimmers Macht **wieder** brauchen.

Irgendwann würde jemand **Mithrilhalle** suchen – und der **Drache** würde ihn erwarten.

Der beißende Wind, von dem das **Eiswindtal** seinen Namen hatte, pfiff den Gefährten um die Ohren wie ein ununterbrochenes **Stöhnen**, das jede Unterhaltung unmöglich machte.

Die Vier bildeten eine **seltsame Gruppe**, doch sie marschierten entschlossenen Schrittes, wie es stets ist, wenn eine neue **Suche** ihren Anfang nimmt.

Die Miene eines jeden Abenteurers verriet, wie sehr sich die **Beweggründe** für ihre Reise unterschieden.

Bruenor Heldenhammer hatte diese Mission, die Suche nach der **Mithrilhalle**, der alten Heimat der Zwerge, angestoßen...

...und obwohl er wusste, dass die silbernen Korridore seiner Kindheit in **weiter Ferne** lagen, schritt er mit dem Eifer eines Mannes voran, der ein lange ersehntes Ziel klar im Blick hat.

Neben Bruenor ging in entspanntem Laufschritt **Wulfgar**, in dessen hellen Augen die Abenteuerlust brannte.

Er war ein junger Mann, der ausgezogen war, zum **ersten Mal** die große, weite Welt zu sehen, und Wulfgar war entschlossen, soviel wie möglich davon zu erleben.

Weniger interessiert wirkte **Drizzt Do'Urden**.

Der Dunkelelf war entspannt, ja sogar **lässig**, denn diese Reise war nur die jüngste in einem Leben **voller Abenteuer**.

Obwohl Drizzt jüngst in Zehnstädte so etwas wie eine Heimat gefunden hatte, fühlte er sich auf der Straße noch immer sehr **zuhause...**

... und reiste von Dorf zu Dorf, um dem unvermeidlichen Kummer zu entgehen, den es mit sich brachte, wenn man einen Ort verließ, den man vielleicht zu **lieben** gelernt hatte.

Dann war das noch das vierte Mitglied ihrer Gruppe: **Regis, der Halbling.**

Regis liebte nichts mehr als **Bequemlichkeit**, und er hatte hart gearbeitet, um die Künste des Essens und Schlafens zu **perfektionieren.**

Deshalb waren seine Freunde wirklich überrascht, als er sich ihnen anschloss. Aber sie nahmen an, Regis werde schon seine **Gründe** haben.

Aber während Bruenor, Wulfgar und Drizzt die Straße **vor sich** im Blick behielten, sah der Halbling oft nach Zehnstädte **zurück.**

Regis lief vor etwas **davon.**

Derweil konzentrierte sich in *Bryn Shander*, der Hauptstadt der Zehnstädte, *Artemis Entreri* auf sein Ziel.

Er war ein echter *Profi*, möglicherweise der *Beste* seines *finsteren Handwerks* in den gesamten Reichen...

...weswegen es dem *Assassinen* wohl auch egal war, als er Regis' Haus leer vorfand.

Artemis hatte den Halbling von *Calimhafen* im tiefen Süden bis hierher verfolgt und war besser vorangekommen, als er je zu hoffen gewagt hatte.

Regis mochte nicht hier sein, doch er war *übereilt* aufgebrochen und hatte kaum mehr als *zwei Wochen* Vorsprung.

Seine Spur würde *frisch* sein, und er hatte *Angst* – beides würde Artemis die Arbeit erleichtern.

Aus Angst würde Regis einen *tödlichen Fehler* machen.

ICH HABE DICH GEFUNDEN, KLEINER DIEB, DU KANNST NIRGENDS MEHR HIN-FLIEHEN.

Sein Auftraggeber, *Pascha Pook*, Oberhaupt der größten Diebesgilde Calimhafens, würde sich *freuen*.

KOMM SCHON, CASSIUS SAGT, BIS ZUM EINBRUCH DER DUNKELHEIT MÜSSEN WIR REGIS' ZEUG GEPACKT HABEN.

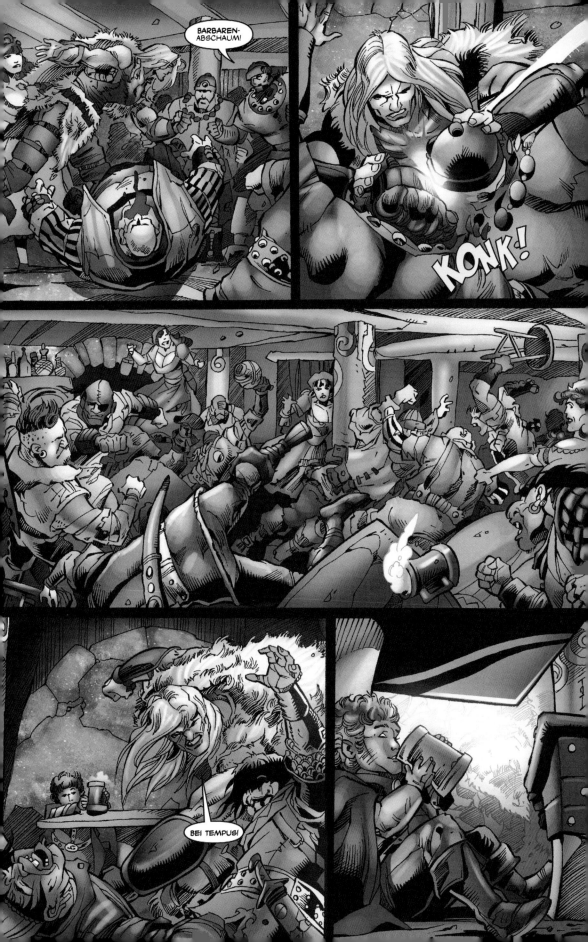

Inzwischen, im **Herrenturm der Arkanen** im Stadtzentrum Luskans...

...indem er einen hirnlosen Lehrling, **Akar Kessell**, überredete, **Morkai den Roten** zu ermorden, seinen Meister, den früheren Bewohner des Turms.

Dendybar der Bunte war der Herr des **Nordturms**, eine **Machtposition**, die er Jahre zuvor erlangt hatte...

BIST DU SICHER, DASS **ER** ES WAR?

JA - DRIZZT DO'URDEN IST UNVERWECHSELBAR.

WARUM SOLLTEN SIE HIERHER KOMMEN?

DAS SAGTEN DIE REISENDEN NICHT.

WO SIND SIE JETZT?

AM HAFEN... IRGENDWO. SIE WOLLTEN IM „ENTERMESSER" ABSTEIGEN, SIND ABER NACH EINER PRÜGELEI RAUSGEFLOGEN.

DANN HÄTTEST DU IHNEN FOLGEN SOLLEN!

GENUG, LEHRLING. DER DROW UND SEINE GEFÄHRTEN SIND **HIER**, UND NUR DAS ZÄHLT.

DU KANNST WEGTRETEN, JIERDAN, ABER BEOBACHTE DIE TORE UND HALT MICH ÜBER **ALLES**, WAS SIE TUN AUF DEM LAUFENDEN.

WIE IHR WÜNSCHT.

Jierdan eilte hinaus. Er hasste Magie, und so dicht bei Dendybar zu sein jagte ihm eiskalte Schauer über den Rücken.

Dennoch wusste der Soldat, dass die im Herrenturm alles in Luskan kontrollierten – und dass die Gunst eines Magiers wahrlich wertvoll sein konnte.

WIR DÜRFEN SIE NICHT FREI HERUMLAUFEN LASSEN!

RUHIG, SYDNEY, SIE TUN JA NIEMANDEM ETWAS.

DRIZZT DO'URDEN WAR DER LETZTE, DER AKAR KESSELL LEBEND GESEHEN HAT.

DOCH SELBST WENN DER DROW DEN GESPRUNGENEN KRISTALL HAT, WIRD ER JAHRE BRAUCHEN, UM SEINE MACHT ZU ERGRÜNDEN.

MEHR ALS GENUG ZEIT FÜR UNS, IHN ZU... ERLANGEN.

ABER WENN WIR SIE NICHT FINDEN --

ICH HABE MITTEL UND WEGE ZU ERFAHREN, WAS WIR WISSEN MÜSSEN. GEH JETZT, ICH MUSS MEDITIEREN.

Morkai hatte außer dem schwarzen Reiter noch jemanden gen Süden ziehen sehn... doch er hatte es nicht für nötig gehalten, sie Dendybar gegenüber zu erwähnen.

Cattie-Brie hatte sich einen Tag zuvor einer Handelskarawane nach Luskan angeschlossen.

Die Krieger des Heldenhammer-Clans würden Zeit brauchen, um die Verfolgung des Assassinen zu organisieren – Zeit, die sie, wie sie befürchtete, nicht hatten.

Cattie-Brie hatte beschlossen, sich selbst um den Mörder mit dem Cape zu kümmern.

Er hatte sie in Panik versetzt, hatte Jahre der Ausbildung einfach weg gewischt und wenig mehr als ein ängstliches Kind aus ihr gemacht, und dafür würde er bezahlen.

Sie würde ihre Freunde finden und sie vor der drohenden Gefahr warnen.

Dann würden sie sich gemeinsam Artemis Entreris annehmen.

KEINE SORGE, CATTIE-BRIE, WIR SIND BALD DA. WIR KOMMEN GUT VORAN.

MEIN HERZ SAGT MIR, WIR SIND ZU LANGSAM.

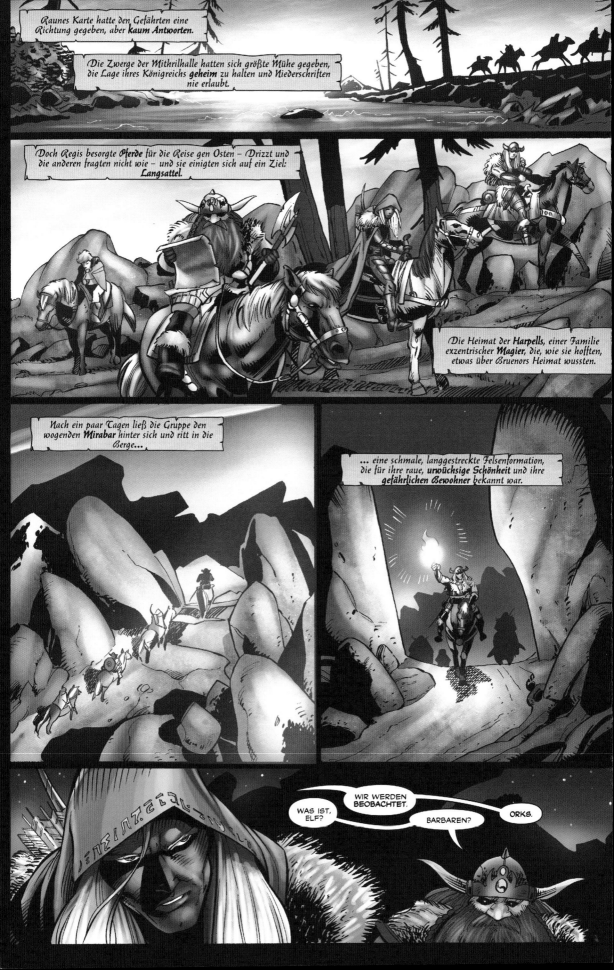

Raunes Karte hatte den Gefährten eine Richtung gegeben, aber **kaum Antworten.**

Die Zwerge der Mithrilhalle hatten sich größte Mühe gegeben, die Lage ihres Königreichs **geheim** zu halten und Niederschriften nie erlaubt.

Doch Regis besorgte **Pferde** für die Reise gen Osten – Drizzt und die anderen fragten nicht wie – und sie einigten sich auf ein Ziel: **Langsattel.**

Die Heimat der **Harpells**, einer Familie exzentrischer **Magier**, die, wie sie hofften, etwas über Bruenors Heimat wussten.

Nach ein paar Tagen ließ die Gruppe den wogenden **Mirabar** hinter sich und ritt in die Berge...

... eine schmale, langgestreckte Felsenformation, die für ihre raue, **urwüchsige Schönheit** und ihre **gefährlichen Bewohner** bekannt war.

WAS IST, ELF?

WIR WERDEN BEOBACHTET.

BARBAREN?

ORKS.

ERGREIFT SIE, HIMMELS-PONYS!

FÜR TEMPUS!

Kaum hatte Drizzt die *Barbaren* gesehen, floh er.

Nicht aus *Feigheit*, sondern aus *strategischen* Gründen.

Der Drow wusste, die Barbaren – *Ehrenmänner* wie Wulfgars Stamm – würden seine Freunde nicht *töten*, sondern *gefangen* nehmen.

Und Drizzt arbeitete schon am *Befreiungsplan*.

...DENK DARAN, ES STEHT NICHT NUR *DEIN* LEBEN AUF DEM SPIEL.

RUHIG, JUNGE...

DU HAST TORLIN BESIEGT, DEN SOHN JEREK WOLFSTÖTERS, DES HÄUPTLINGS DER HIMMELSPONYS.

WILLKOMMEN IN UNSEREM STAMM.

WAS IST MIT MEINEN FREUNDEN?

DEN ZWERG LASSEN WIR AUSSERHALB UNSERES LANDES FREI, MIT SEINES-GLEICHEN HABEN WIR KEINEN STREIT.

DOCH DER ANDERE IST EIN SCHWÄCHLING, ER WIRD DIR DEN WEG IN DEN STAMM BEREITEN. DU OPFERST IHN DEM FLÜGELPFERD.

NEIN.

DAS IST JÄMMERLICH! NUR DIE STARKEN VER-DIENEN ZU LEBEN!

NUR --

TOOOOOD!

RWARRR!

Wulfgars *Kräftemessen* hatte Drizzt die nötige Ablenkung verschafft, die Pferde und Habseligkeiten seiner Gefährten zusammenzusuchen.

Er war sicher, dass auch die Barbaren *schreckliche Geschichten* über Dunkelelfen gehört hatten, und diese Geschichten wollte Drizzt *gegen* sie verwenden...

Drizzts Klingen bohrten sich in die Flanke des *Pegasus*, während Guenhwyvars Krallen ihm den Rücken **zerfetzten**.

Zum ersten Mal spürte die Kreatur **wahren Schmerz** und versuchte, ihre Angreifer abzuwerfen, doch **vergebens**.

Schließlich **floh** der Pegasus **verzweifelt** und blutend von der Astralebene...

Zur gleichen Zeit, ganz woanders.

Die Handelskarawane hatte kurz vor Luskan gelagert, und ihre Ankunft blieb nicht unbemerkt.

SCHREI, UND ICH TÖTE SIE ALLE.

Artemis schlich sich kurz nach Anbruch der Nacht in die Zelte, um Informationen zu sammeln... er hoffte zu erfahren, ob ihm jemand folgte.

Stattdessen fand er Cattie-Brie.

DU FOLGST MIR? WAS VERSPRICHST DU DIR DAVON?

I-ICH REISE OFT MIT DEN HÄNDLERN, DAS GEHÖRT ZU MEINEN PFLICHTEN ALS SOLDATIN VON ZEHNSTÄDTE.

HA! LÜGE!

ICH WERDE DICH NOCH NICHT TÖTEN. DU WIRST MICH BEGLEITEN, UND WENN WIR DEN HALBLING FINDEN, WERDEN SEINE FREUNDE IHN NICHT VERTEIDIGEN. DEINETWEGEN.

WENN ICH FERTIG BIN, WERDE ICH WEITERZIEHEN UND DICH MIT DEINER SCHANDE UND SCHULD ZURÜCKLASSEN.

LOS!

Cattie-Brie wollte, kämpfen, aber sie wusste, sie konnte nicht gewinnen...

...und Alarm zu schlagen würde nur bedeuten, dass weitere Unschuldige starben.

Letztlich tat Cattie-Brie das einzige, was ihr blieb.

Sie gehorchte.

US-Forgotten Realms – Streams of Silver #2 – Covermotiv A

US-Forgotten Realms – Streams of Silver #2 – Covermotiv B

Als Drizzt seine Gefährten schließlich aus den unwegsamen und zerklüfteten Felsen führte, atmeten sie auf.

Denn in der Ferne dröhnten noch immer die **Kriegstrommeln** der Himmelsponys, die einen langsamen, schmerzhaften Tod verhießen, sollten sie **zu lange** verweilen.

HALTET DIE SONNE IN UNSEREM RÜCKEN.

GUT!

Am Nachmittag erreichten die Freunde die **Hauptstraße**... die Handelsstraße von Tiefwasser nach Mirabar, die an **Langsattel** vorbeiführte.

Unterwegs beschrieb Regis mit großer Freude die **Magier-Familie Harpell**...

... und ihr seltsames, ja *hanebüchenes* Zuhause.

Kaum zur Freude von Wulfgar, der den dunklen Künsten *sehr* misstraute.

WIE LANGE MÜSSEN WIR DORT BLEIBEN, BRUENOR?

BIS WIR **ANTWORTEN** FINDEN, WULFGAR.

ODER EIN SINNVOLLERES ZIEL.

DOCH LASST EUCH VON DER VISION DER HOFFNUNG AN IHREM ENDE NICHT DURCH DIE VERFÜHRUNGEN ENTLANG DER STRASSE ABLENKEN.

IHR WERDET IN SILBRIGMOND VORBEIKOMMEN, DER STADT DER WEISHEIT UND DER ÜBERLIEFERUNG, UND HOCHFÜRSTIN ALUSTRIELS SCHATZKAMMER DER WEISEN IST DIE BESTE BIBLIOTHEK IM NORDEN.

HINTER SILBRIGMOND LIEGT SUNDABAR.

DAS IST EINE EHEMALIGE ZWERGENFESTE, IN DER HELM, EIN BEKANNTER ZWERGENFREUND, HERRSCHT.

VIELLEICHT WEISS ER JA ETWAS.

WIR HABEN EINE KETTE VON HINWEISEN GEFUNDEN, UND DIESE HINWEISE FÜHREN ZU WEITEREN HINWEISEN.

WIR WERDEN DEINEN GUTEN RAT BEHERZIGEN, DELROY.

AUF NACH ADBAR! ODER WO IMMER UNS DAS SCHICKSAL HINVERSCHLÄGT!

WULFGAR UND ICH WERDEN DIE PFERDE HOLEN.

NUN, WAS BEVORZUGST DU, ELF?

VOM SPEER EINES VERRÜCKTEN SOLDATEN DURCHBOHRT ZU WERDEN ODER VON DEN FRAGEN STAUNENDER MAGIER?

DIE STRASSE.

Anderswo, im **Herrenturm der Arkanen**, versuchte Sydney verzweifelt zu schlafen.

Sie hatte die Nacht im Hafen mit der **Suche** nach dem **Dunkelelf** und seinen Freunden verbracht, aber **nichts** gefunden. Das würde *Dendybar* nicht gefallen.

SEI GEGRÜSST, SCHÖNE SYDNEY, ICH HOFFE, ICH HABE DICH NICHT GE-WECKT, DOCH ICH HABE AUFREGENDE NEUIGKEITEN!

LASS MICH IN RUHE, HARKLE!

Der Magier hätte Sydney gerne gefreit, und die leidenschaftslose Schülerin machte ihm gerade genug Hoffnung, um ihn nach Belieben manipulieren zu können.

SYDNEY --

EIN ANDERMAL.

ABER WIE OFT SIEHT UND SPRICHT MAN DIESER TAGE EINEN ECHTEN DROW?

EINEN DROW?!

ER HEISST DRIZZT DO'URDEN. ER HAT LANGSATTEL HEUTE MORGEN VERLASSEN. HIER HERRSCHT GERADEZU EINE DROW-HYSTERIE!

ERZÄHL MIR MEHR, LIEBER HARKLE.

MEINE KRÄFTE KÖNNEN DICH ZU IHNEN BRINGEN UND DIR HELFEN, SIE ZU BESIEGEN. SIE SIND NICHT SCHWACH. BETRACHTE ES ALS GEGEN- SEITIGEN VORTEIL.

WIR BEIDE UNTERWEGS? DIR SCHEINEN EIN BUCH UND EIN SCHREIBTISCH BESSER ZU STEHEN, MAGIER.

ICH WERDE HIER BLEI- BEN. SYDNEY KOMMT AN MEINER STATT MIT, DAZU JIERDAN, DER SOLDAT, ALS IHRE ESKORTE UND BOK.

BOK?

EIN GOLEM, DEN ICH SCHUF.

BOK KÖNNTE UNS ALLE AUF DER STELLE TÖTEN, UND SELBST DEINE FÜRCHTERLICHE KLINGE WÜRDE WENIG GEGEN IHN AUSRICHTEN, ARTEMIS ENTRERI.

DOCH KEINE ANGST, IM MOMENT IST ER HARMLOS. BOK IST GEISTLOS, DER GOLEM GEHORCHT NUR MEINEN ODER SYDNEYS BEFEHLEN.

KOMMT, IHR SOLLTET SO BALD WIE MÖGLICH AUF- BRECHEN.

Der nächste Tag begann *ohne* Regen, doch hingen schwere graue Wolken tief am Himmel.

Dennoch war das Wetter das *geringste* Problem der Freunde.

Sie hatten den Großteil ihres *Proviants* verloren.

Drizzts und Regis' Pferd hatten sich in der Nacht losgerissen, Bruenors lahmte.

Wulfgars Ross...

...war tot.

DIE NÄCHSTE SIEDLUNG IST NESMÉ... VIER TAGE ZU PFERD, ZU FUSS EHER ZEHN TAGE.

EGAL! WENN IHR ERST DIE HALLEN SEHT, WERDET IHR ALL DAS VERGESSEN!

REINSTE MITHRIL-ADERN, BREITER ALS EURE HAND! SILBERNE STRÖME!

ABER WIR WERDEN SIE NICHT FINDEN, INDEM WIR HIER HERUMSTEHEN!

Bruenor hatte fast *zweihundert Jahre* lang von dieser Suche geträumt. Ein paar *kleinere* Rückschläge konnten seinen Enthusiasmus nicht dämpfen.

Also zogen die Vier weiter...

Fünf Tage Gewaltmarsch brachten die inzwischen verdreckte und erschöpfte Gruppe ans Ufer des *Surbrin.*

Bald würden sie *Nesmë* erreichen.

ICH VER-
HUNGERE!

PAH! DU VER-
KRAFTEST NOCH
EIN PAAR PFUND
WENIGER,
KNURRBAUCH!

-:GRUMMEL:-

AAAGH!

WAS --?

JEMAND
WIRD ANGE-
GRIFFEN!

RAAAH!

Anderswo...

IHRE NEUE ROUTE WIRD SIE DURCHS **IMMERMOOR** FÜHREN.

EIN **GEFÄHRLICHER** ORT, MANCHE SAGEN, ES SEI DIE **ÜBELSTE** REGION IM GANZEN NORDEN.

SIE SIND ENT-WEDER UNGLAUB-LICH **TAPFER** ODER UNGLAUBLICH **DUMM.**

Morkai fragte sich, wie oft ihn Dendybar noch rufen würde. Der Bunte hatte sich noch **kaum** von ihrer letzten Begegnung erholt.

Dendybars Probleme mit der Gruppe des Zwergs mussten in der Tat **immens** sein! Eine Tatsache, die Morkai seine Rolle als Spion des Magiers noch **demütigender** empfinden ließ.

HINFORT!

Dendybar **lächelte** unwillkürlich. Würde die Gruppe im Immermoor sterben, wäre es ein Leichtes, ihre Leichen zu **fleddern.**

Wenn sie **überlebten,** würde Sydney Silbrigmond **lange** vor dem Drow erreichen.

Genug Zeit, eine Falle zu stellen...

Der Ritt aus Luskan war in der Tat **schnell**.

Entreri und seine Mitreisenden erschienen neugierigen Betrachtern nur als **schimmernde** Flecken.

Während Bok mit grossen, steifbeinigen Schritten unermüdlich hinterhertrabte.

Sie saßen auf den Rössern, die Dendybar beschwooren hatte so gut und **bequem**, dass die Gruppe bis nach der Abenddämmerung...

...und den ganzen nächsten Tag weitergaloppieren konnte. Sie machten nur kurze Essenspausen.

Am Abend des zweiten Tages hatten sie über die **Hälfte** ihrer Reise hinter sich.

Sie lagerten in den Hügeln über Nesmé...

...wo Cattie-Brie begann, ihren **Plan** in die Tat umzusetzen.

Der nächste Tag war der ruhigste und **effektivste** der Reise.

Entreri beobachtete Sydney interessiert, denn er wusste, er hatte das Band zwischen ihr und Dendybar **gelockert**.

Artemis musste nur seine nächste Gelegenheit abwarten, seine Mitreisenden neu **einzustellen**.

Auch Cattie-Brie wartete auf weitere Gelegenheiten, die **Saat** zu düngen, die sie in Jierdans Gedanken gepflanzt hatte.

Die finstere Miene, die sie den Soldaten vor Entreri verbergen sah, verriet ihr, dass ihr Plan bereits **Früchte** zu tragen begann.

Die Gruppe erreichte **Silbrigmond** am frühen Nachmittag des nächsten Tages, lange vor ihrer Beute.

Nun mussten sie nur noch **warten**.

Drizzt übernahm in dieser Nacht die erste Wache, denn er wusste, er würde nicht schlafen können.

In Wirklichkeit hatte Drizzt die Ablehnung der Wache verletzt und ihn daran erinnert, wie sehr er in der Tagwelt ein *Außenseiter* war.

In Zehnstädte, wo Diebe und **Mörder** in hohe Ämter aufstiegen, hatte man ihn zähneknirschend geduldet.

In Langsattel hatte man ihn betatscht und begrapscht wie ein **abartiges Tier**.

Jetzt hatte ihn sogar Silbrigmond abgelehnt, eine Stadt, die auf den Grundsätzen der Individualität und der Gerechtigkeit für **alle** gründete.

Die **Unvermeidlichkeit** von Drizzts Leben als Ausgestoßener hatte ihm noch nie so klar vor Augen gestanden.

Es tat dem Drow **im Herzen** weh.

FRIEDE, DRIZZT DO'URDEN. ICH BIN **ALUSTRIEL**, DIE HOHE MAGIERIN VON SILBRIGMOND.

Drizzt konnte Bruenor **leicht** überzeugen, westwärts zu gehen.

Jedoch **schwieg** sich Drizzt darüber aus, woher er das wusste...

Als er hörte, dass es weniger als einen Tagesmarsch entfernt **wertvolle Informationen** geben mochte, stürmte er praktisch los.

...er sagte nur, er habe nachts auf der Straße nach Silbrigmond eine **einsame Reisende** getroffen.

Also marschierten sie zur Herolds–Zwinge; Bruenor war voller Hoffnung und **Enthusiasmus**.

Drizzts **Glaube** an sich und andere war wieder hergestellt.

Bald waren die Vier auf der Straße von Silbrigmond nach **Westen**.

Sie wurden **beobachtet**.

Alustriel war nicht sicher, welche Rolle diese **neue Gruppe** bei der Suche spielen würde, aber sie **ahnte Schlimmes**.

Die Hohe Magierin dachte kurz darüber nach, die zweite Gruppe von einer Patrouille **festnehmen** zu lassen ...

Doch sie **verwarf** den Gedanken.

Alustriel wusste, sie spielte auf der Suche nach Mithrilhalle nur eine **Nebenrolle**.

Letztlich musste sie auf **Drizzt Do'Urden** und seine Freunde vertrauen.

Von weitem war die *Zwinge des Herolds* nicht sehr beeindruckend, kaum mehr als eine verwahrloste Ruine in einem überwucherten Tal.

Ihr Innenleben war deutlich interessanter.

MANN...

DIESER GOBELIN ZEIGT DIE GESCHICHTE DER MENSCHHEIT.

JA, UND DIE DER ZWERGE, ELFEN UND HALBLINGE – DER GESAMTEN WELT. ERSTAUNLICH.

ICH BIN ALTNACHT, HEROLD DES TURMS. FÜRSTIN ALUSTRIEL KÜNDIGTE EUER KOMMEN AN.

WIR HABEN VIEL ZU BESPRE-CHEN.

WILLKOMMEN, GEFÄHRTEN DER HALLE.

ICH KONNTE IN ALL DEN SCHRIFTEN ÜBER DIE ZWERGE NUR EINE EINZIGE FINDEN, IN DER MITHRILHALLE VORKOMMT.

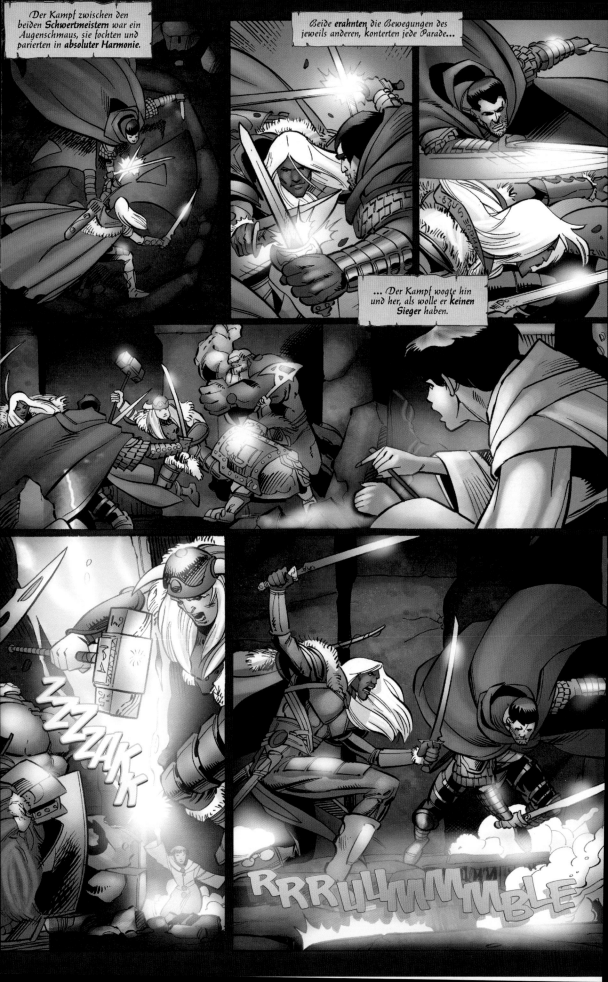

KLANG!

KEINEN LAUT, DO'URDEN. DU BIST HIER GENAU WIE ICH EIN EINDRINGLING.

KÖNNTEN MINENARBEITER SCHLIMMER SEIN ALS DAS SCHICKSAL, DAS DU MIR ZU BIETEN HAST?

ICH KÖNNTE DICH TÖTEN, DAS STIMMT WOHL. ABER WOZU? ICH FINDE KEIN VERGNÜGEN AM TÖTEN.

ABER MISSFALLEN TUT DIR MORDEN AUCH NICHT.

ICH TUE, WAS ICH MUSS.

Drizzt kannte diesen Tonfall: leidenschaftslos und nüchtern. Er hatte ihn zahllose Male in Menzoberranzan gehört.

Wenn Drizzt Entreri anblickte, sah er, was aus ihm selbst geworden wäre, wäre er an jenem dunklen Ort geblieben.

Ein selbstsüchtiger, herzloser Mörder.

DU WEISST, WARUM ICH HIER BIN?

WEGEN REGIS.

NICHT WEGEN DES HALBLINGS SONDERN WEGEN DES ANHÄNGERS. ER HAT IHN MEINEM HERRN GESTOHLEN.

ICH SCHLAGE DIR FOLGENDES VOR: WIR SUCHEN GEMEINSAM NACH EINEM WEG ZURÜCK ZU DEINEN FREUNDEN.

SOBALD WIR SIE GEFUNDEN HABEN, ÜBERREDEST DU DEN HALBLING, MIR DEN ANHÄNGER ZU GEBEN – DANN SIND WIR GESCHIEDENE LEUTE.

MEIN HERR BEKOMMT SEINEN SCHATZ ZURÜCK, UND DEIN KLEINER FREUND KANN IN FRIEDEN WEITERLEBEN.

Im Herzen der untersten Ebene rührte sich der derzeitige Herrscher von Mithrilhalle.

Das Rumpeln von oben bedeutete Eindringlinge, und eine Gruppe Duergar sprach von erschlagenen Brüdern.

Der Drache war nicht von dieser Welt. Er kam von der Ebene der Schatten, einem finsteren Abbild der Welt im Licht.

Dunkelschimmer war alt, mächtig und hatte dort beträchtliches Ansehen genossen...

...doch als die Zwerge des Heldenhammer-Clans so tief gegraben hatten, dass sich ein Tor zu seiner Ebene öffnete, war der Drache hindurchgeeilt.

Nun besaß Dunkelschimmer einen Hort, der zehnmal so groß war wie der größte auf seiner Ebene und er hatte nicht vor zurückzukehren.

Er würde sich um die Eindringlinge kümmern.

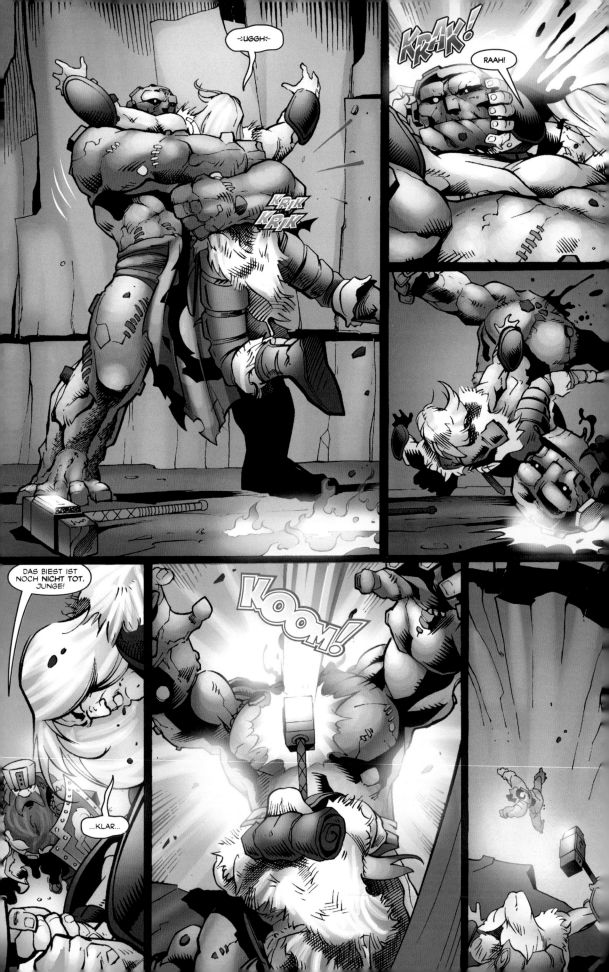

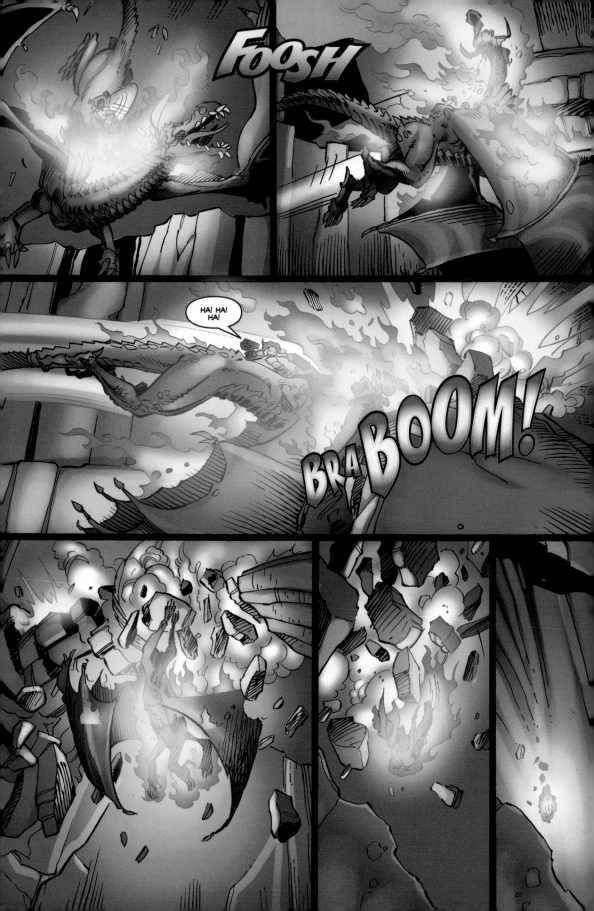

Die Nachricht von Bruenors Tod war für Drizzt unerträglich.

Doch er tröstete sich mit dem Wissen, dass er nicht umsonst gestorben war.

Er war bei der Verteidigung seines geliebten Heims gefallen.

Ein Tagesmarsch führte die Gefährten zu einer Brücke über die Schlucht...

...und wie Bruenor es gesagt hatte, führte der Gang dahinter an die Oberfläche.

So ließen die Gefährten Mithrilhalle, die Duergar und ihren tapferen Freund zurück.

LEBWOHL, VATER.

ICH KOMME WIEDER.

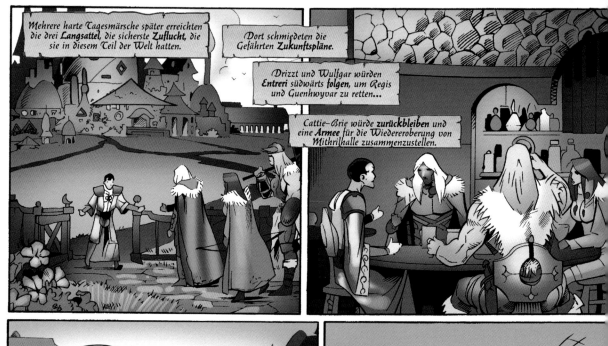

Mehrere harte Tagesmärsche später erreichten die drei *Langsattel*, die sicherste *Zuflucht*, die sie in diesem Teil der Welt hatten.

Dort schmiedeten die Gefährten *Zukunftspläne*.

Drizzt und *Wulfgar* würden *Entreri* südwärts *folgen*, um *Regis* und *Guenhwyvar* zu retten...

Cattie-Brie würde *zurückbleiben* und eine *Armee* für die Wiedereroberung von *Mithrilhalle* zusammenzustellen.

WARTET!

W-WAS --?

ERLEDIGE DEINE AUFGABE, WULFGAR, SOHN DES BEORNEGAR, UND DANN KOMM ZU MIR ZURÜCK. SCHNELL!

Glossar

Aegisfang:

Ein Kriegshammer von unglaublicher Macht und Schönheit, von Bruenor als Geschenk für Wulfgar geschmiedet. Durchtränkt von mystischer Energie, kehrt diese Waffe immer wieder zu Wulfgar zurück.

Arkanen Magier:

Sie herrschen und leben im Herrenturm der Stadt Luskan. Sie sind mächtig und machthungrig. Zu ihnen gehört Dandybar der Bunte mit seiner Schülerin Sydney. Er nahm dort im Herrenturm den Platz von Morkai dem Roten ein, der auf Dandybars Bestreben von seinem eigenen Schüler, Akar Kessell, umgebracht wurde. Dieser Akar Kessell wiederum kam an einen magischen Kristallsplitter von unglaublicher Macht und versuchte sich mit dessen Hilfe zum Herrscher von Eiswindtal zu erheben. Gestoppt wurde er letztlich von Drizzt — der Kristall existiert jedoch noch und wird von vielen begehrt, auch von Dandybar.

Artemis Entreri:

Ein käuflicher Mörder, ein Assassine von unglaublichem Geschick und Kaltblütigkeit, der ausgesendet wurde, um den Halbling Regis zu finden und ihm sein magisches Schmuckstück und sein Leben zu nehmen.

Bok:

Das leblose Wesen Bok ist ein Golem — eine unbeseelte „Marionette", die mit Magie belebt wird und ihrem Meister bedingungslos folgt, dabei fast unzerstörbar und unbesiegbar ist. Golems können aber auch „Gefäße" für Geister, ruhelose Seelen und andere magische Wesen sein, die eigentlich nicht auf die materielle Ebene gelangen können. Es sei denn, sie haben einen Wirtskörper, eben einen Golem, den sie beleben können und der sie im Sein verankert.

Bruenor Heldenhammer:

Der Anführer des Heldenhammer-Clans, der aus einer Gruppe Zwerge besteht, deren unterirdische Behausung sich unter dem Eiswindtal befindet. Bruenor ist ein strikter, fordernder und furchtloser Kämpfer. Dennoch schlägt ein gütiges Herz in seiner Brust — wie sich an der Adoption von Wulfgar und Cattie-Brie, zweier menschlicher Jünglinge, die er großzog, als wären es seine eigenen Kinder, erkennen lässt.

CATTIE-BRIE:

Als Kind von Bruenor adoptiert, entwickelte sich Cattie zu einer störrischen, unabhängigen, zwergenähnlichen Persönlichkeit, welche in starkem Kontrast zu ihrer umwerfenden Schönheit steht. Bereits vor ihrem Adoptivvater erkannte sie die Drizzt innenwohnende Güte und dessen starken Charakter.

DRIZZT DO'URDEN:

Ein Drow-Krieger, mit außergewöhnlichen Fähigkeiten, schmalen purpurnen Augen und großmütigem Herzen — ein für die Drow-Dunkelelfen untypischer Wesenszug. Er ist der Sohn von Herrin Malice, die einst eines der mächtigsten Dunkelelfen-Häuser, Do'Urden, anführte. Die Prasserei und Gewalt der Drow ablehnend ging Drizzt ins Exil, um der blutigen Maschinerie seines Volkes zu entkommen.

DROW:

Eine Elfen-Rasse mit ebenholzfarbener Haut, auch bekannt als Dunkelelfen, die sich in der unterirdischen Welt, dem Unterreich, niedergelassen haben. Ihre gewalttätige Gesellschaft ist strikt an matriarchalischen Richtlinien ausgerichtet und wird von den Matronen-Herrinnen beherrscht. Die Drow werden von ihrem Streben nach individueller Macht und Wohlstand angetrieben und ihnen ist jedes Mittel recht, egal wie sadistisch oder betrügerisch dieses auch ist, um ihre Ziele zu erreichen.

DUNKELSCHIMMER:

Der mächtige schwarze Drache kommt von einer der dunklen, magischen Ebenen. Er ist mächtig, böse und uralt. Er schaffte den Übergang in unsere Welt, als die Zwerge von Mithrilhalle versehentlich ein Portal zu den höllischen Gefilden öffneten. Mit seinen Verbündeten, den bösartigen Grauzwergen, eroberte er Mithrilhalle und machte es zu seinem mit Schätzen beladenen Hort.

EISWINDTAL:

Die entfernte, nur dünn besiedelte arktische Region der Vergessenen Königreiche, eine frostige Tundra auf der das Fundament von Zehnstädte befestigt wurde. Zehnstädte besteht aus zehn kleinen Ansiedlungen: Bryn Shander, Targos, Bremen, Termalaine, Lonelywood, Dougan's Hole, Good Mead, Caer Konig, Caer Dineval und Easthaven. Unter den restlichen Bewohnern der Region befinden sich Barbaren, die in der gefrorenen Ebene umherziehen; die Zwerge des Heldenhammer-Clans und verschiedene niedere Rassen wie Orks.

GRAUZWERGE:

Die Duergar sind bösartige, verschlagene „Vettern" der Zwerge, die einst Mithrilhalle errichteten. Sie sind gierig und hinterlistig.

MITHRILHALLE:

Der in Vergessenheit geratene Stammsitz der Zwerge des Heldenhammer-Clans, einst glorreich und für seine Mithriladern — die Silbernen Ströme — bekannt. Die Zwerge wurden vom Drachen Dunkelschimmer vertrieben, viele getötet. Danach ging das Wissen um die Mine über die Jahrhunderte verloren, bis Bruenor, der Nachfahre der glorreichen Zwergenkönige, sich auf die Suche nach seiner Heimat macht.

REGIS KNURRBAUCH:

Ein verschmitzter Halbling, dem nichts über ein herzhaftes Mahl und ausgedehnte Nickerchen geht. Regis suchte im Eiswindtal Zuflucht, nachdem er dem Gildenmeister seiner Diebes-Gilde einen wunderschön geschliffenen Rubin abknöpfte. Es stellte sich heraus, dass dieser Rubin weit mehr als nur ein Edelstein war und Regis bewies, dass er aus weitaus härterem Holz geschnitzt war als er selbst gedacht hätte.

WULFGAR:

Ein Barbar aus dem Stamm des Elchs. Er wird von Bruenor Heldenhammer während der Belagerung von Zehnstädte gefangengenommen. Fünf Jahre lang dient Wulfgar dem Zwerg als Lehrling und Sklave und wird dem ruppigen Anführer des Heldenhammer-Clans letztendlich wie ein Sohn. Selbst für einen Barbaren mit unfassbarer Kraft ausgestattet, trägt Wulfgar den mystischen Kriegshammer Aegisfang, was ihn zu einem gefürchteten Krieger macht, der in den Vergessenen Königreichen seinesgleichen sucht.

ZWERGE:

Eine menschenähnliche Rasse von kleiner, stämmiger Statur und charakterisiert durch das Streben nach vollkommener Unabhängigkeit. Sie sind berüchtigt für ihre Wildheit im Kampf, in den sie normalerweise mit Kampfäxten bewaffnet ziehen, und für ihre Schmiedekünste, sowie ihre Fähigkeiten als Minenarbeiter.

Fantasy Comics vom Feinsten!!

Neu im Buch- und Comicfachhandel:

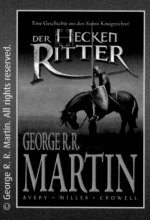

Eine Geschichte aus den Sieben Königreichen von Star-Autor George R. R. Martin.

148 Seiten, € 16,95
ISBN 978-3-86607-482-8

© George R. R. Martin. All rights reserved.

Basierend auf dem ersten Roman der fantastischen Midkemia-Saga von Raymond E. Feis

148 Seiten, € 16,95
ISBN 978-3-86607-503-0
Erhältlich ab November 200

© George R. R. Martin. All rights reserved.

Vergessene Reiche, Bd. 3 Die Saga vom Dunkelelf: Neuland
€ 16,95 (D)

ISBN 978-3-8332-1439-4

Vergessene Reiche, Bd. 4 Die Saga vom Dunkelelf: Der gesprungene Kristall
€ 16,95 (D)

ISBN 978-3-86607-350-0

DragonLance, Bd. 1 Die Legende von Huma
€ 16,95 (D)

ISBN 978-3-8332-1356-4

Dragonlance: Die Chronik der Drachenlanze, Bd. 1
€ 12,95 (D)

ISBN 978-3-86607-348-7

M. Moorcocks ELRIC: Die Erschaffung eines Hexers
€ 19,95 (D)

ISBN 978-3-86607-374

Hellgate London: Comic zum Game
€ 12,95 (D)

ISBN 978-3-86607-479-6

Silent Hill Bd. 3: Tot/Lebendig
€ 16,95 (D)

ISBN 978-3-86607-186-5

Conan Sonderband 3 Der Elefantenturm
€ 16,95 (D)

ISBN 978-3-86607-281-7

Conan Sonderband 4 Die Halle der Toten
€ 16,95 (D)

ISBN 978-3-86607-373-9

Die Abenteuer von Conan, Bd. 2
€ 40,00 (D)

ISBN 978-3-86607-265

WWW.PANINICOMICS.DE

PANINI COMICS

DRIZZT

DIE PHANTASTISCHE HÖRSPIEL-SAGA GEHT WEITER!

Das Warten hat ein Ende...

4 - Im Zeichen des Panthers
5 - In Acht und Bann
6 - Der Hüter des Waldes

Ab dem
.08.2007
berall im
Handel

© 2007 Wizards of the Coast, Inc. All rights reserved.

Weitere Infos unter
www.merlausch.de

Licensing by: Hasbro Properties Group

LAUSCH
Phantastische Hörspiele

Bereiten Sie sich auf Ihr größtes Abenteuer vor ...

... werden Sie selbst zum Helden.

Das Dungeons & Dragons®-Rollenspie ebnet Ihnen den Weg in die Welten Ihrer Phantasie!

www.feder-und-schwert.com

Dungeons & Dragons, das Firmenzeichen von Wizards of the Coast und das d20-Logo sind Warenzeichen von Wizards of the Coast, Inc., einer Tochtergesellschaft von Hasbro, Inc. Der Gebrauch von Warenzeichen durch Feder&Schwert erfolgt unter Lizenz von Wizards of the Coast, Inc.